Tucholsky Wagner Zola Scott Sydow Freud Schlegel

Turgenev Wallace Fonatne Twain Walther von der Vogelweide Fouqué Friedrich II. von Preußen

Weber Freiligrath Frey

Fechner Fichte Weiße Rose von Fallersleben Kant Ernst Frommel

Richthofen

Engels Fielding Hölderlin Eichendorff Tacitus Dumas

Fehrs Faber Flaubert Eliasberg Ebner Eschenbach

Feuerbach Maximilian I. von Habsburg Fock Zweig

Ewald Eliot Vergil

Goethe London

Mendelssohn Balzac Shakespeare Dostojewski Ganghofer

Trackl Lichtenberg Rathenau Doyle Gjellerup

Mommsen Stevenson Tolstoi Hambruch

Thoma Lenz Droste-Hülshoff

Dach von Arnim Hägele Hauff Humboldt

Karrillon Reuter Verne Rousseau Hagen Hauptmann Gautier

Garschin

Damaschke Defoe Hebbel Baudelaire

Descartes Hegel Kussmaul Herder

Wolfram von Eschenbach Dickens Schopenhauer Rilke George

Bronner Darwin Melville Grimm Jerome

Campe Horváth Aristoteles Bebel Proust

Bismarck Vigny Barlach Voltaire Federer Herodot

Gengenbach Heine

Storm Casanova Tersteegen Grillparzer Georgy

Chamberlain Lessing Langbein Gilm Gryphius

Brentano Claudius Schiller Lafontaine

Strachwitz Bellamy Schilling Kralik Iffland Sokrates

Katharina II. von Rußland Gerstäcker Raabe Gibbon Tschechow

Löns Hesse Hoffmann Gogol Wilde Vulpius

Luther Heym Hofmannsthal Klee Hölty Morgenstern Gleim

Roth Heyse Klopstock Kleist Goedicke

Luxemburg Puschkin Homer Mörike Musil

Machiavelli La Roche Horaz

Navarra Aurel Musset Kierkegaard Kraft Kraus

Nestroy Marie de France Lamprecht Kind Kirchhoff Hugo Moltke

Laotse Ipsen Liebknecht

Nietzsche Nansen Marx Lassalle Gorki Klett Ringelnatz

von Ossietzky May Leibniz

vom Stein Lawrence Irving

Petalozzi Platon Knigge

Sachs Pückler Michelangelo Kafka

Poe Liebermann Kock

de Sade Praetorius Mistral Zetkin Korolenko

Der Verlag tredition aus Hamburg veröffentlicht in der Reihe **TREDITION CLASSICS** Werke aus mehr als zwei Jahrtausenden. Diese waren zu einem Großteil vergriffen oder nur noch antiquarisch erhältlich.

Symbolfigur für **TREDITION CLASSICS** ist Johannes Gutenberg (1400 — 1468), der Erfinder des Buchdrucks mit Metalllettern und der Druckerpresse.

Mit der Buchreihe **TREDITION CLASSICS** verfolgt tredition das Ziel, tausende Klassiker der Weltliteratur verschiedener Sprachen wieder als gedruckte Bücher aufzulegen – und das weltweit!

Die Buchreihe dient zur Bewahrung der Literatur und Förderung der Kultur. Sie trägt so dazu bei, dass viele tausend Werke nicht in Vergessenheit geraten.

Die Blinden

Paul Heyse

Impressum

Autor: Paul Heyse
Umschlagkonzept: toepferschumann, Berlin

Verlag: tradition GmbH, Hamburg
ISBN: 978-3-8424-0587-5
Printed in Germany

Ziel der TREDITION CLASSICS ist es, tausende deutsch- und
fremdsprachige Klassiker wieder in Buchform verfügbar zu
machen. Die Werke wurden eingescannt und digitalisiert. Dadurch
können etwaige Fehler nicht komplett ausgeschlossen werden.
Unsere Kooperationspartner und wir von tredition versuchen, die
Werke bestmöglich zu bearbeiten. Sollten Sie trotzdem einen Fehler
finden, bitten wir diesen zu entschuldigen. Die Rechtschreibung der
Originalausgabe wurde unverändert übernommen. Daher können
sich hinsichtlich der Schreibweise Widersprüche zu der heutigen
Rechtschreibung ergeben.

Text der Originalausgabe

Paul Heyse

Die Blinden

(1852)

Erstes Kapitel.

Am offenen Fenster, das auf den kleinen Blumengarten hinaus-
ging, stand die blinde Tochter des Dorfküsters und erquickte sich
am Winde, der über ihr heißes Gesicht flog. Die zarte halbwüchsige
Gestalt zitterte, die kalten Händchen lagen in einander auf dem
Fenstersims. Die Sonne war schon hinab und die Nachtblumen
fingen an zu duften.

Tiefer im Zimmer saß ein blinder Knabe auf einem Schemelchen
an dem alten Spinett und spielte unruhige Melodieen. Er mochte
fünfzehn Jahr alt sein und nur etwa um ein Jahr älter als das Mädchen. Wer ihn gehört und gesehen hätte, wie er die großen offnen
Augen bald emporwandte, bald das Haupt nach dem Fenster neig-
te, hätte sein Gebrechen wohl nicht geahnt. So viel Sicherheit, ja
Ungestüm lag in seinen Bewegungen.

Plötzlich brach er ab, mitten in einem geistlichen Liede, das er
nach eignem Sinne verwildert zu haben schien.

Du hast geseufzt, Marlene? fragte er mit umgewandtem Gesicht.

Ich nicht, Clemens. Warum sollt' ich seufzen? Ich schrak nur zusammen, wie der Wind auf einmal so heftig hereinfuhr.

Du hast doch geseufzt. Meinst du, ich hörte es nicht, wenn ich
spiele? Und ich fühl' es auch bis hierher, wenn du zitterst.

Ja, es ist kalt geworden.

Du betrügst mich nicht. Wenn dir kalt wäre, stündest du nicht am
Fenster. Ich weiß aber, warum du seufzest und zitterst. Weil der
Arzt morgen kommt und uns mit Nadeln in die Augen stechen will,
darum fürchtest du dich. Und er hat doch gesagt, wie bald Alles
geschehen sei, und daß es nur thue wie ein Mückenstich. Warst du
nicht sonst tapfer und geduldig, und wenn ich als Kind schrie, so
oft mir was weh that, hat dich meine Mutter mir nicht immer zum
Muster aufgestellt, obwohl du nur ein Mädchen bist? Und nun
weißt du dich nicht auf deinen Muth zu besinnen, und denkst gar
nicht an das Glück, das wir hernach zu hoffen haben?

Sie schüttelte daß Köpfchen und erwiederte: Wie du nur denken
kannst, ich fürchtete mich vor dem kurzen Schmerz. Aber beklom-

men bin ich von dummen, kindischen Gedanken, aus denen ich mich nicht herausfinde. – Zeit dem Tage schon, wo der fremde Arzt, den der Herr Baron hat kommen lassen, vom Schloß herunter zu deinem Vater kam, und die Mutter uns dann aus dem Garten rief, seit der Stunde schon liegt was auf mir und will nicht weichen. Du warst so in Freuden, daß du nichts gewahr wurdest. Aber wie dein Vater damals zu beten anfing und Gott Dank sagte für diese Gnade, schwieg es ganz still in mir und betete nicht mit. Ich sann in mir herum, wofür ich danken sollte und begriff's nicht.

So sprach sie mit ruhiger, gefaßter Stimme. Der Knabe schlug wieder einige leise Accorde an. Zwischen den heiser schwirrenden Tönen, wie sie diesen alten Instrumenten eigen sind, klang ferner Gesang heimkehrender Feldarbeiter, ein Gegensatz wie der eines hellen, kräftig erfüllten Lebens zu dem Traumleben dieser blinden Kinder.

Der Knabe schien es zu empfinden. Er stand rasch auf, trat an das Fenster mit sicherem Schritt – denn er kannte dies Zimmer und jedes Geräth darin – und indem er die schönen blonden Locken zurückwarf, sagte er: Du bist wunderlich, Marlene! Die Eltern und Alle im Dorfe wünschen uns Glück. Sollt' es nun kein Glück sein? Bis mir's verheißen würde, hab' ich auch nicht viel danach gefragt. Wir sind blind, sagen sie. Ich verstand nie, was uns fehlen soll. Wenn Besuch zu den Eltern kam, und wir hörten, wie sie mitleidig sagten: Arme Kinder! ward ich zornig und dachte: Was haben sie uns zu bedauern? Aber daß wir anders sind als die Andern, das wußt' ich wohl. Sie sprachen oft Dinge, die ich nicht verstand, und die doch lieblich sein müssen. Nun wir's auch wissen sollen, läßt mich die Neugier nicht los Tag und Nacht.

Mir war's wohl, so wie es war, sagte Marlene traurig. Ich war so fröhlich und hätte all mein Lebtag so fröhlich sein mögen. Nun kommt es wohl anders. Hast du nicht die Leute klagen hören, die Welt sei voll Noth und Sorgen? Und kannten wir die Sorge?

Weil wir die Welt nicht kannten; und ich will sie kennen, auf alle Gefahr. Ich ließ mir das auch gefallen, so mit dir hinzudämmern und faul sein zu dürfen. Aber nicht immer; und ich will nichts voraus haben vor denen, die es sich sauer werden lassen. Manchesmal, wenn mein Vater uns Geschichte lehrte und von Helden und wackern Thaten erzählte, fragt' ich ihn, ob die großen Männer auch blind gewesen. Aber wer was Rechtes gethan hatte, der konnte sehen. Da hab' ich mich oft tagelang mit Gedanken geplagt. Dann, wenn ich wieder Musik machte und gar Orgel spielen durfte, an deines Vaters Stelle, vergaß ich meinen Unmuth. Wie oft aber dacht' ich auch: Sollst du immer Orgel spielen und die tausend Schritt weit im Dorf umher gehn, und außer dem Dorf kennt dich kein Mensch und nennt dich keiner, wenn du gestorben bist? Siehst du, seit nun der Arzt im Schlosse ist, hoffe ich, daß ich noch ein ganzer Mann werden kann! Und dann gehe ich in die Welt, und jede Straße, die mir ansteht, und habe Keinem was nachzufragen.

Auch mir nicht, Clemens!

Sie sagte das ohne Klage und Vorwurf. Aber der Knabe erwiederte heftig: Höre, Marlene! Sprich nicht so Zeugs, was ich nicht leiden kann. Meinst du, ich würde dich allein zu Hause lassen und mich so fortstehlen in die Fremde? Traust du mir's zu?

Ich weiß wohl, wie es geht. Wenn die Bursche im Dorf zur Stadt müssen oder auf Wanderschaft, da geht Keins mit, auch nicht die eigene Schwester. Und hier sogar, wenn sie noch unerwachsen sind, laufen die Knaben von den Mädchen weg, gehn in den Wald mit ihresgleichen und necken die Mädchen, wo sie ihnen begegnen. Bisher, da ließen sie dich mit mir zusammen, und wir spielten und lernten mit einander. Du warst blind wie ich; was wolltest du bei den andern Jungen? Aber wenn du sehen kannst und du wolltest bei mir im Haus sitzen, würden sie dir nachspotten, wie sie's Jedem thun, der's nicht mit ihnen hält. Und dann – dann gehst du gar fort auf lange Zeit, und ich hatte mich so ganz an dich gewöhnt!

Sie hatte die letzten Worte mit Mühe herausgebracht; da übermannte sie die Angst und sie schluchzte laut. Clemens zog sie fest an sich, streichelte ihr die Wangen und sagte dringend: Du *sollst* nicht weinen! Ich *will* nicht von dir gehen, nie, nie! und eh ich das thäte, will ich lieber blind sein und Alles vergessen. Ich *will* nicht von dir, wenn dich's weinen macht. Komm, sei ruhig, sei froh! Du darfst dich nicht erhitzen, hat der Arzt gesagt, weil es den Augen nicht gut ist. Liebe, liebe Marlene!

Er drückte sie fest in den Arm und küßte sie, was er nie zuvor gethan. Draußen rief seine Mutter vom nahen Pfarrhaus herüber. Er führte die fort und fort Weinende zu einem Lehnstuhle an der Wand, ließ sie darauf niedersitzen und ging eilig hinaus.

Kurz darauf schritt ein würdiges Paar den Schloßberg herab ins Dorf, der Pfarrer, eine hohe, gewaltige Gestalt in aller Kraft und Majestät eines Apostels, der Küster, ein schlichtgewachsener Mann von demütiger Haltung, dessen Haar schon weiß wurde. Sie waren beide vom Gutsherrn eingeladen worden, den Nachmittag mit ihm und dem Arzt zuzubringen, der auf die Einladung des Barons aus der Stadt herübergekommen war, die Augen der beiden Kinder zu prüfen und eine Operation zu versuchen. Nun hatte er den hocherfreuten Vätern wiederholt seine Hoffnung auf völlige Heilung versichert und gebeten, auf den kommenden Tag sich bereit zu halten. Den Müttern lag es ob, in der Pfarre das Nötige zuzurüsten; denn man wollte die Kinder an dem Tage nicht trennen, der beiden das so lange gemeinsam entbehrte Licht bringen sollte.

Als die beiden Väter vor ihren einander gegenüber gelegenen Häusern angekommen waren, drückte der Pfarrer seinem alten Freunde die Hand und sagte mit feuchtem Blick: Gott sei mit uns und ihnen! Dann schieden sie. Der Küster ging in sein Haus; da war Alles still, die Magd draußen im Garten. So trat er in sein Zimmer und war der Stille froh, die ihn mit seinem Gott allein sein ließ. Als er über die Schwelle geschritten, erschrak er. Sein Kind war vom Stuhle aufgefahren, drückte das Tuch hastig vor die Augen, die Brust flog ihr wie von Krämpfen, die Wangen und Lippen waren blaß. Er sprach ihr zu und bat sie, sich zu fassen und fragte ernstlich: Was ist dir geschehen? Sie antwortete nur mit Thränen, die sie selbst nicht verstand.

Zweites Kapitel.

In zwei Kammern des Pfarrhauses, die im obern Geschoß nach Mitternacht gelegen waren, hatte man die Kinder gebettet. Die Fenster waren in Ermangelung der Läden mit dunkeln Tüchern sorglich verhangen, so daß vom hellsten Tage kaum ein Zwielicht herein drang. Der geräumige stille Baumgarten des Pfarrers verschattete zum Ueberfluß die Mauer und hielt das Geräusch des täglichen Lebens fern.

Besonders für das Mädchen hatte der Arzt die größte Vorsicht eingeschärft. Was an *ihm* gewesen, sei geglückt. Nun müsse die Natur im Stillen das Uebrige thun, und des Mädchens leicht erregbares Wesen brauche der strengsten Pflege und Schonung.

Marlene war in der entscheidenden Stunde unverzagt gewesen. Als ihre Mutter bei dem Schritt des Arztes über den Flur in Weinen ausbrach, war sie zu ihr getreten, um sie zu beschwichtigen.

Der Arzt fing mit dem Knaben an, der aufgeregt, aber von gesundem Muth, niedersaß und Alles ertrug. Nur wollte er nicht dulden, daß man ihn während der Operation halte. Erst Marlenens Zureden bewog ihn, sich auch das gefallen zu lassen. Als der Arzt von den entschleierten Augen auf einige Secunden die Hand wegnahm, schrie er heftig auf vor freudigem Schreck.

Marlene zuckte zusammen, dann bestand sie auch ohne einen Laut die kurze Pein. Aber Tränen stürzten ihr aus den Augen und ihr Leib zitterte, so daß der Arzt ihr die Binde eilig umthat und sie selbst in ihre Kammer bringen half, denn die Kniee wankten ihr. Dort auf ihrem Lager stritten sich lange Schlaf und Ohnmacht um sie, während der Knabe versicherte, ihm sei völlig wohl, und nur aus den ersten Befehl des Vaters sich niederlegte.

So bald aber entschlief er nicht. Bunte Gestalten, bunt zum erstenmal, glitten an ihm vorüber, geheimnißvoll, die ihm noch Nichts waren und doch so Viel werden sollten, wenn die Leute Recht hatten, die ihm Glück wünschten. Er fragte Vater und Mutter, die an seinem Bette saßen, nach hundert Dingen, die ihm freilich die tiefsinnigste Wissenschaft nicht hätte enträthseln können. Denn was weiß sie von dem Quell des Lebens? Der Vater bat ihn, sich zu gedulden, denn mit Gottes Hilfe werde er bald in seinen Zweifeln selbst klarer sehen. Jetzt sei ihm Ruhe noth und vor Allem Marlenen, die er leicht durch sein Sprechen aufwecken könne. Da schwieg er denn und horchte durch die Wand. Er bat flüsternd, man solle die Thür öffnen, daß er hören könne, ob sie schlafe und nicht etwa stöhne vor Schmerz. Die Mutter that ihm den Willen. Nun lag er unbeweglich und lauschte, und das Athmen seiner schlafenden kleinen Freundin, das ruhig aus und ein ging, sang ihn endlich auch in den Schlaf.

So lagen sie stundenlang. Im Dorf draußen ging es stiller zu als sonst. Wer mit einem Fuhrwerk der Pfarre vorbei mußte, hütete sich vor allem Lärm. Auch die Schulkinder, denen es der Lehrer gesagt haben mochte, tobten nicht wie sonst aus dem Unterricht nach Haus, sondern gingen, das Haus scheu und flüsternd anblickend, paarweise entfernten Spielplätzen zu. Nur der Gesang der Vögel schwieg nicht in den Zweigen; aber wann hätte sein Klang ein ruhebedürftiges Menschenkind gestört oder verdrossen?

Erst die Heerdenglocken weckten die beiden Kinder. Des Knaben erste Frage war, ob Marlene schon nach ihm gerufen habe. Er fragte sie dann halblaut, wie sie sich fühle. – Der dumpfe Schlaf hat ihr kaum wohlgethan, und die Augen brennen ihr unter der leichten Binde. Aber sie zwingt sich, sagt, es sei ihr besser, und plaudert heiter mit Clemens, dem die abenteuerlichsten Gedanken über die Lippen gehen.

Spät, als der Mond schon aus dem Walde stieg, klopft zaghafte Kinderhand an die Thür des Pfarrhauses. Die kleinen Mädchen vom Dorfe sind's mit einem Kranz für Marlene von ihren besten Gartenblumen und einem Strauß für Clemens. Als man ihn dem Knaben bringt, verklärt sich sein Gesicht. Der Duft und der kühle Thau erfrischen ihn. Er bittet: Sagt ihnen viel schönen Dank. Sie sind gute Mädchen. Jetzt bin ich noch krank. Aber wenn ich erst sehen darf, steh' ich ihnen bei gegen die Buben. – Marlene, da man ihr den Kranz aufs Bett legte, schob ihn mit den blassen Händchen sanft zurück und sagte: Ich kann nicht! Mir schwindelt, Mutter, wenn mir die Blumen nahe sind. Bring sie dem Clemens auch!

Sie fiel bald wieder in ihren fieberhaften Halbschlaf. Erst die gesunde Nähe des Tages beruhigte sie, und der Arzt, der in aller Frühe kam, fand sie außer Gefahr, wie er kaum gehofft hatte. Lange saß er dann am Bett des Knaben, hörte lächelnd die seltsamen Fragen an, ermahnte ihn freundlich zu Geduld und Ruhe und ging mit der besten Zuversicht.

Aber Geduld und Ruhe einem anzusinnen, dem ein gelobtes Land endlich einen Augenblick aus der Ferne gezeigt worden! Der Vater muß, so oft sein Amt ihm die Zeit läßt, in die Kammer hinauf und erzählen. Die Thür darf dann nicht geschlossen werden, daß auch Marlene die schönen Geschichten hören kann, Legenden von frommen Männern und Frauen, denen Gott schwere Gebrechen gegeben und genommen, das Märchen vom armen Heinrich, für den das fromme Mägdlein in ihrer Demuth sich hat opfern wollen, und wie Gott Alles herrlich hinausgeführt habe, und was der würdige Pfarrer an erbaulichen Historien aufzutreiben wußte.

Wenn dann dem frommen Mann unvermerkt die Erzählung zum Gebet wurde, oder die Mutter mit ihrer klaren Stimme ein Danklied zu singen anhob, faltete Clemens auch die Hände und sang mit; aber gleich darauf warf er neue Fragen hin, die zeigten, daß er mehr Antheil an der Geschichte genommen, als am Gesang. Marlene fragte nie. Sie war freundlich zu Jedermann, und Keiner ahnte, wie viele Gedanken und Fragen in ihr arbeiteten.

Sichtbar genasen sie von Tag zu Tage, und schon am vierten nach der Operation erlaubte ihnen der Arzt aufzustehn. Er selber stützte das Mädchen, wie sie schwach und zitternd durch die finstre Kammer ging nach der offnen Thür, in der der Knabe stand und fröhlich seine suchenden Hände nach den ihren ausstreckte. Dann hielt er ihre Hand fest und bat sie, sich auf ihn zu stützen, was sie zutraulich that.

Sie schritten die Kammer auf und ab mit einander, und er mit dem feinen Gefühl der Oertlichkeit, wie es Blinden eigen ist, geleitete sie behutsam an den Sesseln und Schränken vorüber, die an den Wänden standen. Wie ist dir? fragte er sie. – Mir ist wohl, war ihre Antwort heut wie immer.

Komm, sagte er rasch, lehn dich fester an; du bist noch matt. Es thäte dir gut, ein Bischen Wiesenduft im Freien zu athmen, denn hier ist die Luft eng und schwer. Aber noch ist's nicht gesund, sagt der Doctor. Die Augen werden wund und erblinden gar wieder, wenn sie zu früh ins Licht sehen. O, nun weiß ich schon, was Licht und Dunkel ist. Kein Flötenton ist so süß, als wenn es dir so weit ums Auge wird. Es that mir weh, muß ich sagen; doch hätt' ich immer so ins Bunte starren mögen; so schön war der Schmerz. Du wirst es auch erleben. Aber es ist noch mancher Tag zu überstehen, bis es uns so gut wird. Dann aber thu' ich den ganzen Tag nichts als sehen. Was ich wissen möchte, Marlene: sie sagen, jedes Ding habe eine andere Farbe. Was für Farben mag dein und mein Gesicht haben? dunkel oder hell? Es wäre garstig, wenn sie nicht recht schön hell wären. Ob ich dich wohl erkenne mit den Augen? Jetzt, so tastend, will ich dich mit meinem kleinen Finger unter allen Menschen herausfinden. Aber hernach – da haben wir uns ganz von neuem kennen zu lernen. Ich weiß jetzt, deine Wangen und deine Haare sind weich anzufühlen. Ob sie den Augen auch so sein mögen? Das wüßt' ich gern, und es ist noch lange hin!

In diesem Ton plauderte er unaufhörlich und achtete nicht darauf, daß sie stumm neben ihm ging. Manche von seinen Worten waren ihr tief zu Herzen gegangen. Sie war nie darauf verfallen, daß sie sich selbst nun auch sehen würde, und wußte auch kaum, wie sie sich das zu denken habe. Von Spiegeln hatte sie gehört, ohne es zu verstehen. Sie dachte sich jetzt, sobald ein Sehender die Augen aufthäte, erschiene ihm sein eigen Angesicht.

Nun, wie sie wieder im Bette lag und die Mutter dachte, sie schliefe, ging ihr das Wort durch den Sinn: Es wäre garstig, wenn unsere Gesichter nicht hell wären. Sie hatte von Schön und Häßlich gehört, und daß häßliche Menschen bemitleidet und oft minder geliebt würden. Wenn ich nun häßlich bin, sagte sie sich, und er will nichts mehr von mir wissen! Sonst war es ihm gleich. Er spielte gern mit meinen Haaren und nannte sie Seidenfädchen. Das wird nun aufhören, wenn er mich garstig findet. Und *er*, wenn er's *auch* ist, ich will's ihn gewiß nicht merken lassen, will ihn doch lieb haben. Aber nein, ich weiß wohl, er kann nicht häßlich sein, er nicht.

Lange grübelte sie in Kummer und Neugier versunken. Es war schwül. Im Garten die Nachtigallen riefen ängstlich herein, und ein zuckender Westwind stieß gegen die Scheiben. Sie war ganz allein in der Kammer, denn das Bett ihrer Mutter, die sonst bei ihr geschlafen, war der Hitze wegen aus dem engen Gemach wieder hinausgeschafft worden. Ueberdies hielt man eine Nachthüterin nicht mehr für nöthig, da das Fieber völlig verschwunden schien. Und gerade heute überkam es sie wieder und warf sie hin und her, bis lange nach Mitternacht ein kurzer dumpfer Schlaf sich ihrer erbarmte.

Indessen zog das Wetter, das die Hälfte der Nacht murrend am Horizont gekreist hatte, mit Macht herauf, lagerte sich über den Wald und stand nun still; denn der Wind schwieg. Ein heftiger Donner schallt in Marlenens Schlummer hinein. Halb träumend fährt sie empor. Sie weiß nicht, was sie sucht und sinnt, in ungewisser Angst treibt es sie aufzustehen, ihre Kissen sind so heiß. Nun steht sie am Bett und hört draußen den starken Regen niederrauschen. Aber er kühlt ihre fiebernde Stirne nicht. Sie sucht sich zu fassen und zurecht zu finden und besinnt sich auf nichts, als auf die traurigen Gedanken, mit denen sie einschlief. Ein seltsamer Entschluß geht in ihr auf. Sie will hinein zu Clemens. Auch er ist allein. Wer hindert sie, ihrer Ungewißheit ein Ende zu machen und sich und ihn zu sehen? Nur dies Eine denkt sie, und alle Worte des Arztes sind vergessen. So geht sie mit zitterndem Tasten, ganz wie sie ihr Bett verlassen, der Thüre zu, die halb offen steht, findet die Lehne des Bettes, huscht auf den Zehen an des Schlafenden Seite, und mit verhaltenem Atem über ihn gebeugt, reißt sie sich rasch die Binde von den Augen.

Aber sie erschrickt, da es dunkel bleibt wie zuvor. Sie hatte vergessen, daß es Nacht sei und daß man ihr gesagt hatte, in der Nacht seien die Menschen allzumal blind. Sie hatte gedacht, es müsse eine Klarheit ausströmen von einem sehenden Auge und so sich und die Dinge erleuchten. Nun fühlte sie den Hauch des Knaben sanft an ihre Augen wehen, aber sie unterschied seine Gestalt. Schon will sie bestürzt und fast verzweifelnd wieder zurück – da flammt durch die nicht mehr genau verhüllten Scheiben ein secundenlanger Blitz, dann ein zweiter und dritter, die Luft wogt von plötzlicher Helle, Donner und Regenguß wachsen an Lärm –; sie aber starrt einen Augenblick auf den Lockenkopf, der sanft in die Kissen gedrückt daliegt; dann verschwimmt das Bild, die Augen thränen gewaltsam, und von unaussprechlicher Angst aufgescheucht flieht sie in ihre Kammer, legt die Binde um, sinkt aufs Bett, und in ihr ist es, als wisse sie es unerschütterlich, daß sie gesehen hat zum ersten und letzten Male.

Drittes Kapitel.

Wochen sind vergangen. Zum ersten Mal soll sich die junge Kraft der Augen am Licht versuchen. Der Arzt, der indeß von der Stadt aus die einfache Pflege der Kinder geleitet hatte, war an einem umwölkten Tage herüber gekommen, um selbst zugegen zu sein und die Frucht seiner Sorge mitzugenießen.

Man hatte statt der Vorhänge Laubgewinde um die Fenster gebreitet und beide Kammern mit Grün und Blumen festlich ausgeschmückt. Der Gutsherr selbst und wer im Dorfe den beiden Familien am nächsten stand, hatte sich eingefunden, Eltern und Kindern Glück zu wünschen und sich am Staunen der Geheilten zu freuen.

Marlene drückte sich in düsterer Angst in die Zweige im Winkel, als Clemens, hochroth vor Entzücken, ihr gegenübergestellt wurde und ihre Hand faßte. Er hatte sich's ausgebeten, sie zuerst sehen zu dürfen. So löste man ihnen in demselben Augenblick die Binden.

Ein Ach des höchsten, wortlosen Jubels klang von des Knaben Lippen. Er blieb starr auf demselben Fleck, ein verklärtes Lächeln um die Lippen, die hellen Augensterne hierhin und dorthin bewegend. Er hatte vergessen, daß Marlene vor ihm stehen sollte, und wußte ja noch nicht, was menschliche Gestalt sei. Sie that auch nichts, ihn an sich zu erinnern. Ohne Regung stand sie, nur leicht mit den Wimpern zuckend, welche klare, braune, todte Augen beschatteten. Noch hatte man kein Arg. Die Wunder, dachte man, die sie zuerst fremd ansehen, versteinern sie. Aber als die Freude des Knaben laut ausbrach, man ihm sagte: das ist Marlene! und er in der alten Gewohnheit mit der Hand ihre Wangen suchte und sagte: Du hast ein helles Gesicht! – da stürzten ihre Thränen hervor, sie schüttelte heftig den Kopf und sagte kaum vernehmlich: Es ist ja dunkel hier! Es ist ja Alles wie es war!

Wer schildert das Entsetzen der nächsten Stunde! Der Arzt, tief erschüttert, führte sie auf einen Stuhl zum Fenster und untersuchte ihre Augen. Nichts unterschied die Pupillen von gesunden, als die leblose, traurige Starrheit. Der Nerv ist erloschen, sagte er: Eine heftige Erschütterung durch einen plötzlichen grellen Schein muß ihn getödtet haben. – Die Küstersfrau verließen ihre Sinne; sie fiel ihrem Manne todtenblaß in den Arm. Clemens begriff noch kaum, was vorging. Seine Seele war von dem neu geschenkten Leben zu voll. Aber Marlene lag in Thränen aufgelöst und antwortete auf keine Frage des Arztes. Auch später erfuhr man nichts von ihr. Sie wisse nicht, wie es gekommen; man solle ihr vergeben, daß sie so kindisch geweint habe. Sie wolle Alles hinnehmen, wie es ihr beschieden sei. Habe sie es doch bisher nicht anders gekannt.

Als man Clemens das Unglück klar gemacht hatte, gerieth er außer sich, stürzte zu ihr und schrie unaufhörlich: Du sollst auch sehen! Ich will nichts vor dir voraus haben. Sei ruhig, es wird nicht Alles verloren sein. Ach, nun weiß ich erst, *was* du verloren hättest! Es ist nichts, daß man selber sieht. Aber Alles ringsum hat Augen und sieht uns an, als hätt' es uns lieb. Und es wird dich auch ansehen; gedulde dich nur und weine nicht. – Und dann fragte er nach dem Arzt und drängte sich ungestüm an ihn und bat unter Thränen, Marlenen zu helfen. Dem braven Mann standen helle Tropfen im Auge; er faßte sich mühsam, ermahnte ihn sich zu schonen, er wolle sehen, was zu thun sei, und hielt ihn mit Hoffnungen hin, um eine Aufregung zu verhüten, die ihm hätte gefährlich werden können. Den Eltern verhehlte er die trostlose Wahrheit nicht.

Aber des Knaben Schmerz schien Marlene getröstet zu haben. Sie saß still am Fenster und rief ihn leise zu sich. Es muß dich nicht so kümmern, sagte sie. Es kommt Alles von Gott. Freue dich nur, wie ich mich freue, daß du geheilt bist. Du weißt ja, ich habe nie sonderlich danach verlangt. Nun wär' ich's auch zufrieden, wenn es meine Eltern nicht so betrübte. Aber sie werden sich daran gewönnen, und du auch, und so wird es gut werden, wenn du mich nur lieb behältst, da ich nun bleibe, wie ich war.

Er ließ sich nicht beruhigen, und der Arzt drang darauf, die Kinder zu trennen. Man führte Clemens hinunter in das größere Zimmer, wo sich die Leute aus dem Dorf um ihn drängten. Sie drückten ihm der Reihe nach die Hand und sagten herzliche Worte. Ihn betäubte die Menge. Er sagte nichts als: Wißt ihr auch schon, Marlene ist blind geblieben! Und weinte dann von neuem.

Es war hohe Zeit, ihm die Binde wieder umzuthun und ihn in ein einsames, kühles Zimmer zu bringen. Da lag er, und war erschöpft von Freude, Schmerz und Weinen. Der Vater sprach mild und fromm zu ihm, was ihm doch wenig half. Auch im Schlaf weinte er viel und schien ängstlich zu träumen.

Am folgenden Tage aber forderten Freude, Wißbegier und Staunen ihr Recht an ihn, und die Trauer über Marlenen schien ihm nur nahe zu kommen, wenn er sie sah. Er hatte sie gleich in der Frühe besucht und mit der zärtlichsten Sorge gefragt, ob sich über Nacht nichts geändert und gebessert habe. – Dann aber beschäftigte ihn die bunte Welt, die sich ihm aufthat, und wenn er zu Marlenen zurückkam, war es nur, ihr ein neues Wunder zu schildern, wo er denn oft mitten im Fluß der hastigen Erzählung einhielt, durch einen Blick auf die arme kleine Freundin erinnert, wie weh ihr seine Freude thun müsse. Im Grunde that sie ihr aber nicht weh. Sie wollte nichts für sich; ihn begeistert reden zu hören, war ihr ein Fest. Aber als er seltener kam, im Wahn sie zu betrüben, und dann schweigsam war, weil ihm alles Andere verschwand gegen das, was er ihr nicht zu sagen wagte, wurde sie unruhig. Sie hatte ihn sonst am Tage nur selten entbehrt. Jetzt saß sie viel allein. Die Mutter kam wohl oft, ihr Gesellschaft zu leisten. Aber die gute Laune der sonst lebhaften Frau war fort, seit ihre liebste Hoffnung fehlgeschlagen. Sie wußte ihrem Kinde nichts zu sagen, als Trostworte, die ihre eigenen Seufzer Lügen straften, und die Marlenen nicht zu Herzen gingen. – Wie viel von dem, was sie nun litt, hatte das Mädchen voraus gefürchtet! Und doch überraschte sie das Gefühl der Entbehrung mit unbekannten Schmerzen.

Sie saß nun wieder oft in ihres Vaters Gärtchen unter den Zweigen und spann. Wenn dann Clemens zu ihr kam, glänzte es seltsam um ihre armen Augen. Er war immer freundlich zu ihr, setzte sich neben sie auf das Bänkchen und streichelte ihr Haar und Wangen wie sonst. Sie bat ihn einmal, er solle nicht so still sein. Wenn er ihr erzähle, wie die Welt sei, und was er täglich mehr von ihr lerne, so fühle sie nichts von Neid. Aber wenn er gar nicht komme, so bleibe sie gar zu einsam. Sie erinnerte ihn mit keinem Wort daran, daß er ihr an jenem Abend versprochen hatte, sie nie zu verlassen; denn sie hatte längst darauf verzichtet. Nun aber war es, als sei sie ihm doppelt lieb geworden, seit er ihr nichts mehr zu verschweigen hatte. Da floß ihm das Herz über, und er erzählte ihr stundenlang von Sonne, Mond und den Gestirnen, von allen Blumen und Bäumen, und vor allem, wie die Eltern und sie selbst aussähen. Sie bebte freudig bis ins innerste Herz, als er ihr unschuldig sagte, daß sie hübscher sei, als alle Mädchen im Dorf. Nun beschrieb er sie, daß sie schlank sei und einen feinen Kopf habe und dunkle, zarte Augenbrauen. Er habe sich nun auch gesehen, im Spiegel, aber er sei lange nicht so hübsch. Er brauch' es auch nicht, und es sei ihm gleichgültig; wenn er nur ein gescheiter Mann werde. Männer seien überhaupt nicht so schön wie Frauen. Sie verstand das Alles nicht ganz; aber so viel begriff sie, daß sie ihm gefalle, und was wollte sie mehr?

Sie kamen nicht wieder auf diese Dinge zu sprechen. Aber unerschöpflich war er, ihr von der schönen Welt zu reden. Wenn er dann nicht bei ihr war, dachte sie seinen Worten nach, und es beschlich sie fast die Eifersucht auf diese Welt, die ihn ihr raubte. Leise wuchs dies feindliche Gefühl heran und ward bald mächtiger, als ihre Freude über sein Glück. Vor Allem haßte sie die Sonne; denn sie wußte, daß diese glänzender sei, als Alles, und in ihrer unklaren Vorstellung war *glänzend* und *schön* ein und dasselbe. Nichts verstimmte sie mehr, als wenn er Abends bei ihr saß und über den Sonnenuntergang in einen Rausch von Entzücken gerieth. Mit solchen Worten hatte er *nie* von *ihr* gesprochen; und warum vergaß er sie so völlig über diesem Schauspiel, daß er es nicht sah, wenn ihr der seltsame eifersüchtige Kummer Thränen in die Augen trieb?

Noch schwerer ward ihr das Herz, als der Pfarrer, sobald es der Arzt gestattete, seinen Sohn zu unterrichten anfing. Vor der Heilung hatte Clemens den größten Theil des Tages mit Musikübungen verbracht. Religionsunterricht, Geschichte, Mathematik und ein wenig Latein war Alles, was früher nöthig und möglich schien, und man ließ Marlene an den Stunden Theil nehmen, die nicht viel über die allgemeinsten Kenntnisse hinausgingen. Jetzt wo der Knabe den entschiedensten Hang zu Naturwissenschaften an den Tag legte, ward er ernstlich beschäftigt und für eine der höheren Classen der städtischen Schulen vorbereitet.

Sein fester Wille arbeitete sich rastlos durch, und seine guten Anlagen halfen ihm, in überraschend kurzer Zeit seinen Jahren nachzukommen und das Versäumte einzubringen. Manche Stunde saß er denn auch wohl mit einem Buch in des Küsters Garten. Aber es war doch an kein Geplauder zu denken, wie sonst, und Marlene fühlte wohl, daß sie jetzt zwiefach entbehre, den Unterricht und ihren Freund.

Viertes Kapitel.

Der Herbst unterbrach auf einige Zeit die Arbeiten des Knaben. Der Pfarrer hatte beschlossen, noch vor dem Winter seinen Sohn in das nahe Gebirge mitzunehmen, daß er Berg und Thal sähe und weiter hineinblicke in die Welt, die ihm schon in der dürftigen Dorfebene so schön geschienen. Als man es dem Knaben sagte, fragte er: Und wir nehmen doch Marlene mit?

Man versuchte, es ihm auszureden. Aber er wollte nicht ohne sie reisen. Wenn sie auch nichts sieht, die Bergluft soll gesund sein, und sie ist seit lange blaß und matt und fängt Grillen ohne mich. So that man ihm seinen Willen. Das Mädchen wurde zu ihm und seinen Eltern in den Wagen gehoben und eine kurze Tagereise brachte sie an den Fuß des Berglandes.

Nun begann das Wandern zu Fuß. Geduldig führte der Knabe seine blinde Freundin, die verschlossener war als je. Oft wäre er noch gern auf diese oder jene vereinzelte Felshöhe geklettert, die eine neue Aussicht versprach. Aber er stützte sie, wo sie ging, und trat sein Amt nicht ab, so viel sich die Eltern dazu anboten. Nur wenn sie eine Höhe erreicht hatten und auf einer schattigen Stelle rasteten, entfernte er sich von dem Mädchen und suchte sich durch die gefährlichsten Klippen eigene Wege, seltene Steine sammelnd, oder Blumen, die in der Tiefe nicht wuchsen. Kam er dann zu den Ruhenden zurück, so hatte er immer etwas für Marlenen, Beeren oder eine stark duftende Blume, oder das weiche Nest eines Vogels, das der Wind vom Baum geweht hatte.

Sie nahm ihm Alles freundlich ab und schien vergnügter zu sein, als daheim. Und sie war es auch, weil sie doch den Tag über eine Luft mit ihm athmete. Daneben aber begleitete sie ihre thörichte Eifersucht, und sie zürnte dem Gebirge, dessen herbstliche Pracht, wie sie wähnte, ihm die Welt nur lieber machte und ihn ihr selbst nur mehr entfremdete. Der Pfarrerin fiel ihr seltsames Wesen auf. Sie sprach mit ihrem Manne dann und wann über das Kind, das ihnen Beiden wie das eigene lieb war. Und Beide gaben die Schuld ihres hartnäckigen Trübsinns der getäuschten Hoffnung. Und doch entbehrte das Mädchen nichts, was ihr verheißen und ihrer Hoffnung vorgespiegelt worden war, sondern nur, was sie gekannt und besessen hatte.

Am zweiten Tage der Reise sollte in einem einsamen Hause übernachtet werden, das durch die Nähe eines hohen Wasserfalls berühmt war. Sie hatten eine weite Wanderung gemacht, und die Frauen waren erschöpft. Als sie das Haus erreichten, führte der Pfarrer seine Frau hinein, ohne vorher die Strecke nach der Schlucht weiter hinauf zu wandern, aus der man den Sturz brausen hörte. Auch Marlene war völlig ermattet; aber sie wollte Clemens folgen, den noch nicht nach Ruhe verlangte. So stiegen sie die Stufen weiter hinan, und immer deutlicher klang das tosende Wasser herüber. Mitten auf der schmalen Steile verließ Marlenen die Kraft. Ich will hier sitzen bleiben, sagte sie. Geh du vollends hinauf und hole mich wieder, wenn du dich satt gesehen hast. Er erbot sich, sie zuerst ins Haus zu bringen, aber sie saß schon, und so verließ er sie und ging dem Schalle nach, selig ergriffen von der Einsamkeit und Majestät des Ortes.

Das Mädchen saß auf einem Stein und wartete seiner Rückkehr. Es däuchte sie, daß er unendlich zögere. Ein Frost überrieselte sie, und der dumpfe ferne Donner des Wasserfalls machte sie schauern. Warum kommt er nicht? dachte sie bei sich. Er wird mich vergessen über seiner Freude, wie immer. Fänd' ich nur den Weg ins Haus, daß ich warm würde! – So saß sie ängstlich und horchte in die Ferne, plötzlich war es ihr, als unterscheide sie seine Stimme, die ihr zurief. Zitternd fuhr sie in die Höhe. Was sollte sie thun? Sie versuchte unwillkürlich einen Schritt, aber ihr Fuß glitt aus, sie taumelte und fiel. Zum Glück waren die Steine neben dem Weg mit Moos überwuchert. Aber dennoch erschreckte sie der Fall und sie schrie außer sich nach Hülfe. Umsonst! Ihre Stimme drang nicht zu Clemens hinauf, der hart an der Kluft von Getöse umgeben stand, und das Haus war zu entfernt. Ein schneidendes Weh fuhr ihr durchs Herz, wie sie da lag zwischen den Steinen, verlassen und hülflos; Thränen der Verzweiflung im Auge richtete sie sich mühsam auf. Was ihr das Liebste war, schien ihr in diesem Augenblicke hassenswürdig, und die Bitterkeit in ihrem Innern ließ den Gedanken an die Nähe des Allgegenwärtigen nicht auftauchen.

So fand sie Clemens, der sich um ihretwillen mit Gewalt von dem Zauber des mächtigen Bildes losgerissen hatte.

Ich komme, rief er ihr schon von fern entgegen. Gut, daß du nicht mitgegangen bist! Der Platz oben ist schmal und der kleinste Fehltritt kostet das Leben. Wie das endlos tief sich hinunterstürzt und rauscht und in Wolken aufsprüht; daß einem alle Sinne vergehn. Fühl, wie es mich bestäubt hat mit seinem Wasserdunst. Aber was ist dir? Du bist eiskalt und dein Mund zittert. Komm, es war unrecht, daß du dich krank gemacht hast!

Sie schwieg eigensinnig und ließ sich in das Haus zurückführen. Die Pfarrerin erschrak. Die feinen lieben Züge des Mädchens waren unheimlich verstört. Man sorgte eilig für ein wärmendes Getränk und brachte sie zu Bett, ohne mehr von ihr zu erfahren, als daß ihr nicht wohl sei.

Und freilich fühlte sie sich krank, und so schwer, daß sie sich nach dem Ende sehnte. Das Leben war ihr verhaßt, das sich ihr so feindlich bewies. In bitterem, gottverlassenem Sinnen lag sie, und die letzten Fäden, die sie an die Menschen knüpften, zerriß sie eigenmächtig. Ich will morgen hinauf, sprach sie finster bei sich selbst. Er soll mich selbst an die Tiefe führen, wo ein Fehltritt das Leben kostet. Und seines wird ihm mein Tod nicht kosten. Was soll er die Last noch ferner mit mir haben, die er aus Mitleid bisher ertragen hat?

Immer fester lagerte sich der unselige Vorsatz um ihr Herz. Was war aus dem klaren, liebevollen Gemüth in den kurzen Monaten der innerlichen Noth geworden? Sie dachte sogar an die Folgen ihres Frevels ohne Scheu und sagte trotzig vor sich hin: Sie werden sich darein finden, wie sie es ertragen, daß ich blind geblieben bin. Und ihm wird das Jammerbild nicht mehr vor Augen stehen, das ihm die Freude an seiner schönen Welt verdirbt. – Das war immer der letzte Gedanke, der ihr kam, wenn ein unsicheres Gefühl gegen ihren Entschluß sich auflehnen wollte.

Im Nebenzimmer, das nur durch eine dünne Wand von Marlenens Kammer getrennt war, saßen der Pfarrer und die Pfarrerin beisammen. Clemens zögerte noch draußen unter den Bäumen herum und konnte sich von Gebirg und Sternen und der gedämpften Musik des Wassers nicht trennen.

Es ängstigt mich, sagte die Pfarrerin, daß Marlene so verkommt und verkümmert. Der geringste Anlaß erschüttert sie, und das wird sie bald aufreiben. Wenn du einmal mit ihr reden wolltest, daß sie sich das Unabänderliche nicht so quälend zu Herzen nehmen möchte!

Ich fürchte nur, ich werde nichts ausrichten, erwiederte der Pfarrer. Hat nicht ihre Erziehung und die Liebe ihrer Eltern und unser täglicher Umgang zu ihr geredet, so vermag Menschenwort nichts mehr. Hätte sie Demuth gegen Gott gelernt, so ertrüge sie seine Fügung, die ihr noch so viel gelassen hat, mit Dank, statt mit Murren.

Er hat ihr aber viel genommen.

Ja wohl; aber nicht Alles für immer. Das ist meine Hoffnung und mein Gebet. – Die Kraft zu lieben und gegen die Liebe in Gott und Menschen Alles gering zu achten, scheint von ihr gewichen. Aber sie kommt zurück, wenn wir zu Gott zurückkommen. Wie sie jetzt ist, verlangt sie nicht nach ihm. Sie hat ihren Mißmuth und ihren Groll noch zu lieb. Aber ihr Herz ist zu kräftig, um diese traurige Gesellschaft lange dulden zu können. Dann, wenn es leer in ihr geworden von Unzufriedenheit, wird Gott wieder einziehen und die Liebe im Herzen die alte Stätte finden. Und dann wird es licht in ihr aussehen, ob es auch Nacht bleibt vor ihren Augen.

Gott gebe das! Und dennoch betrübt mich der Gedanke an ihre Zukunft.

Sie wird nicht verloren sein, wenn sie sich nicht selber verlieren wird. Würden auch Alle, die sie jetzt hüten und hegen, vor ihr abgerufen, Menschenliebe stirbt nicht aus. Und wenn sie recht auf Gottes Hand achtet und auf die Wege, die sie geführt wird, wird sie noch einmal ihre Blindheit segnen, die sie von Kindesbeinen an dem Schein fern gerückt und dem wahren Wesen genähert hat.

Clemens unterbrach das Gespräch. Ihr denkt nicht, rief er schon auf der Schwelle, wie wundervoll die Nacht ist. Ich gäbe eins meiner Augen darum, wenn ich's Marlene schenken könnte, um diese Pracht der Sterne zu sehen. Wenn sie nur der Lärm des Wasserfalls schlafen läßt! Ich kann mir's noch nicht vergeben, daß ich sie in der Kühle draußen sitzen ließ.

Sprich leiser, lieber Sohn, sagte die Mutter. Sie schläft dicht nebenan. Und am besten thätest du, du gingest auch schlafen.

Flüsternd sagte der Knabe gute Nacht. – Als die Mutter zu Marlenen in die Kammer kam, fand sie das Mädchen ruhig und anscheinend entschlafen. Jener unheimliche Ausdruck der Züge war einer liebevollen Stille gewichen. Der Sturm war vorüber und hatte noch nichts in ihr verwüstet. Auch Scham und Reue regten sich kaum: so allmächtig herrschte in ihr der freudige Frieden, der ihr im Nebengemach war gepredigt worden. Denn das Böse erwirbt sich langsam und auf Schleichwegen seine Herrschaft über uns; der Sieg des Guten ist schnell entschieden.

Fünftes Kapitel.

Mit Verwunderung bemerkten am andern Morgen ihre Freunde die Umwandlung, die mit ihr vorgegangen war. Die Pfarrerin konnte sich's nicht anders denken, als daß Marlenen durch die Wand ihr Gespräch zugekommen sei. Um so besser, sagte der Pfarrer; so hab ich ihr nichts mehr zu sagen.

Rührend war die Freudigkeit, mit der das Mädchen Clemens und den Eltern begegnete. Sie wollte nichts mehr, als zu ihnen gehören dürfen. Was ihr Liebes geschah, nahm sie fast bestürzt wie ein Unverdientes an. Sie sprach noch immer nicht viel, aber was sie sprach, war heiter und belebt. Ihr ganzes Wesen erschien hingegeben und weich, als wolle sie stumm Abbitte thun. Sie nahm wieder Clemens' Arm, wenn sie wanderten. Aber oft bat sie, daß sie ein wenig ruhen dürfe. Nicht weil sie müde war, sondern um dem Knaben die Freiheit zu lassen, herumzusteigen, wohin es ihn lockte. Sie lächelte dann, wenn er zurückkam und ihr erzählte. Ihre alte Eifersucht war vergangen, seit sie nichts mehr für sich verlangte, als die innige Freude an der seinen.

So gekräftigt und gehoben vollendete sie die Reise. Und sie war zur rechten Zeit gekräftigt worden. Denn als sie heim kam, fand sie ihre Mutter in schwerer Krankheit, der die schwache Frau in wenigen Tagen erlag. Nun, nachdem die ersten Wochen der Trauer überstanden waren, forderte das traurig veränderte Leben Pflichten von ihr, denen sie früher schwerlich gewachsen war. Die Sorge für das Hauswesen beschäftigte sie früh und spät. Trotz ihres Gebrechens wußte sie in jedem Winkelchen des kleinen Hauses Bescheid, und wenn sie auch selbst nur selten Hand anlegen konnte, war sie doch umsichtig und geschickt, Alles anzuordnen, daß es ihrem gebeugten Vater an nichts fehle. Eine wunderbare Hoheit und Sicherheit kam über sie. Wo es früher vielfacher Verweise bedurft hatte, um Knecht und Magd zum Rechten zu gewönnen, genügte jetzt ein ruhiges Wort von ihr. – Und war einmal etwas Arges versehen oder zu irgend einer Arbeit böser Wille vorhanden, so wirkte ein ernsthafter Blick mit den großen, blinden Augen unwiderstehlich auf die rohste Natur.

Seit sie fühlte, daß sie heiter sein müsse um ihres Vaters willen, seit sie begriff, daß sie wirken und das Leben selbst gestalten müsse, kamen auch die Stunden immer seltener, in denen sie die Trennung von Clemens schmerzlich empfand. Und als er endlich nach der Stadt in die Schule sollte, vermochte sie's, gefaßter als die Andern ihm Lebewohl zu sagen. Sie ging dann freilich wochenlang wie im Traum umher, als sei die beste Hälfte ihres Wesens von ihr geschieden. Bald aber war sie heiter wie sonst, sang ihre Lieblingslieder vor sich hin und scherzte mit dem Vater, bis sie ihm ein Lachen abgewann. Wenn die Pfarrerin herüber kam mit Briefen aus der Stadt und ihr Nachrichten und Grüße von Clemens vorlas, schlug ihr heimlich das Herz, und sie lag länger als sonst des Abends im Bett, ohne daß der Schlaf kommen wollte. Am andern Morgen war sie hellen Sinnes wie immer.

In den Ferien kam Clemens zu den Eltern zurück, und sein erster Gang war dann ins Küsterhaus. Marlene unterschied seinen Schritt schon aus der Ferne, blieb still wo sie war und horchte, ob er nach ihr fragen würde. Sie strich hastig mit den Händchen ihr Haar ein wenig glatt, das noch immer in Zöpfen über den schlanken Nacken hing, und stand auf von ihrer Arbeit. Trat er dann an die Thür, so war jede Spur von Aufregung aus ihrem Gesicht verschwunden. Heiter gab sie ihm die Hand und bat ihn, sich zu ihr zu setzen und ihr zu erzählen. Da vergaß er oft die Zeit und mußte von der Mutter geholt werden, die anfing mit ihm zu geizen. Denn selten blieb er die ganze Zeit der Ferien im Dorf, sondern wanderte ins Gebirge, an das ihn die wachsende Leidenschaft für die Natur fesselte.

Die Jahre gingen ihren einförmigen Gang. Die Alten welkten langsam, und die Jungen erblühten rasch. – Als Clemens einmal wieder um Ostern zu Marlenen kam und sie vom Spinnrad aufstand, staunte er, wie stattlich sie sich in der Zeit seit dem Herbste entfaltet hatte. Du bist ein Fräulein geworden, sagte er. Aber ich bin auch kein Kind mehr. Fühl nur, wie mir der Bart gewachsen ist über dem winterlangen Studiren. Sie erröthete flüchtig, als er ihre Hand ergriff und an sein Kinn führte, daß sie den zarten Flaum fühlen sollte. Er hatte ihr auch schon Anderes zu erzählen, als in der ersten Zeit. Der Lehrer, bei dem er wohnte, hatte Töchter und diese Töchter Freundinnen. Die mußte er ihr Alle aufs genaueste beschreiben. Ich mache mir nichts aus den Mädchen, sagte er. Sie sind albern und eitel und schwatzen so viel. Eine ist da, Cäcilie, die mag ich noch am besten leiden, weil sie wenig spricht und keine Gesichter schneidet, um schön zu sein. Aber was gehen sie mich Alle an? Neulich, wie ich Abends in mein Zimmer komme, find' ich einen Blumenstrauß auf dem Tisch. Ich ließ ihn so liegen und stellt' ihn nicht einmal ins Wasser, obwohl mich die Blumen dauerten, denn es verdroß mich; und andern Tags hatten die Mädchen ein Gekicher und Gezischel, daß ich kein Wort mit ihnen redete vor Aerger. Sie sollen mich zufrieden lassen, ich habe keine Zeit für ihre Narrheiten.

Marlene verlor keines von diesen Worten und spann ein endloses Gespinnst von wunderlichen Gedanken aus ihnen. Fast wäre sie in Gefahr gekommen, in unfruchtbaren Träumen hinzukränkeln, wenn nicht begründetere Sorge und ernsthafterer Schmerz sie gerettet hätten. Ihr Vater, der lange schon nur mit Anstrengung seinen Dienst versehen hatte, wurde durch einen Schlaganfall gelähmt, und lag fast ein Jahr im hülflosesten Zustande, bis ein zweiter Schlag seine Leiden verkürzte. Keine Stunde wich sein Kind von seiner Seite. Auch in den Ferien, die Clemens ins Dorf führten, gönnte sie sich nicht, ihn länger zu sprechen, als wenn er auf Viertelstunden in das Krankenzimmer kam.

Sie ward immer fester in sich, immer entsagender, Keinem klagte sie und hätte Keines bedurft, wenn ihre Blindheit ihr Alles selbst zu thun erlaubt hätte. Und dies ihr Unglück, das sie innerlich erzog, gewöhnte sie auch an häusliche Tugenden, die manche Sehende vernachlässigen. Sie hielt die genaueste Ordnung in allen Dingen, die sie zu verwalten hatte, und that sich nie genug in Sauberkeit, weil ihre Augen ihr nicht sagen konnten, wann das letzte Stäubchen entfernt war. Clemens empfand die tiefste Rührung, wenn er sie bemüht sah, ihren gelähmten Vater zu waschen und seine dünnen Locken zu kämmen. – Sie war blaß geworden in der heißen Luft der Krankenstube, aber die braunen Augen hatten darum nur tiefern Glanz, und in aller niederen Arbeit trat der Adel ihres Wesens nur lebendiger hervor.

Der alte Mann starb; in das Häuschen zog sein Nachfolger ein, und Marlene fand im Pfarrhause eine freundliche Zuflucht. Clemens, der indessen eine entferntere Universität bezogen hatte und nicht wie sonst zweimal des Jahres seine Heimath besuchen konnte, erfuhr dies Alles aus Briefen, die selten kamen, und die er unregelmäßig beantwortete. Zuweilen legte er einen Zettel an das Mädchen bei, in dem er sich gegen seine Art übermüthig scherzhaft geberdete und ihr fast wie einem Kinde begegnete, daß die Mutter den Kopf schüttelte und vor dem Vater davon schwieg. Marlene ließ sich diese seltsamen Briefchen ernsthaft vorlesen, bat sie sich aus und bewahrte sie. Als ihr Vater gestorben war, erhielt sie einen kurzen aufgeregten Brief, der weder tröstete noch ein Wort der Mittrauer enthielt, nur heftige Bitten, ihre Gesundheit zu schonen, stille zu sein, ihn genau wissen zu lassen, wie es um sie stehe. Das war im Winter und dieser Brief der letzte an Marlenen. Man erwartete auf Ostern einen Besuch des Jünglings. Er blieb aus und schrieb, er habe die Gelegenheit nicht versäumen dürfen, einen seiner Lehrer auf einer botanischen Wanderung zu begleiten. Der Vater war damit zufrieden, und Marlenen gelang es endlich, auch die ungeduldige Mutter zu beschwichtigen.

Unangemeldet kam er plötzlich um Pfingsten, zu Fuß, von einem starken Marsch vor Tagesgrauen nicht ermüdet, mit frischen Wangen und ein voller Mann. So trat er in die stille Wohnung, in der die Mutter allein ihr Wesen hatte; denn es war der Sonnabend vor dem Fest. Mit einem Freudenschrei hing ihm die überraschte Frau am Halse. Du? rief sie, als sie sich erholte und nun einen Schritt zurücktretend den lang Entbehrten mit vollem Blick der Liebe maß. Also kommst du doch noch, du Böser, du Vergeßlicher, und weißt noch den Weg zu Vater und Mutter? Gott sei gelobt! Ich dachte, du hättest dir in den Kopf gesetzt, nur als Professor dich wieder sehen zu lassen, wenn meine alten Augen sich vielleicht nicht mehr hier *unten* an dir freuen würden. Aber ich will dich nicht schelten; du bist brav, du bist der Alte, du machst mir ein Pfingsten, wie lange keins war, mir und dem Vater, uns Allen! – Mutter! sagte er, wie wohl ist mir, daß ich wieder hier bin! Es litt mich zuletzt nicht mehr da draußen; ich wußte selbst nicht, wie es kam, ich beschloß es nicht erst, ich mußte fort, eines schönen Morgens anstatt ins Colleg zum Thore hinaus, und bin drauf los gelaufen, als entliefe ich einer Sünde, Tagereisen, wie ich sie bisher noch nicht gemacht habe, so gut ich von jeher zu Fuße war. Wo ist der Vater? – wo ist Marlene?

Hörst du ihn nicht? sagte die Mutter. Der Vater ist oben im Predigtstübchen. – Sie hörten über sich den starken Schritt des Alten auf und ab. Es ist Alles wie es war, fuhr die Mutter fort. Das ist sein Sonnabendsgang die zwanzig Jahr, seit ich ihn kenne. Und Marlene ist im Feld mit unsern Leuten. Ich habe sie weggeschickt, denn sie läßt mir keine Ruhe. Wenn sie im Hause ist, hätte sie am liebsten, ich säße da im Winkel, die Hände im Schooß; sie thäte am liebsten Alles allein. Nun haben wir neue Knechte, und es ist mir lieb, wenn sie die Aufsicht führt, bis sie sich eingewöhnt haben. Wie wird sie staunen, dich hier zu finden? Aber komm, ich bringe dich zum Vater, nur daß er dich sieht; es ist auch bald Mittag. Komm, er wird nicht ungehalten sein, wenn du ihn störst.

Sie führte den Sohn, sacht voranhuschend, aber immer seine Hand in der ihren, das Treppchen hinauf. Leise öffnete sie die Thür, winkte Clemens, und selber zurücktretend, trieb sie ihn einzutreten. Da ist er! rief sie, da hast du ihn. Der Alte fuhr auf wie aus tiefen Gedanken. Wen? fragte er halb unmutig. Da sah er in das Gesicht seines Sohnes, das von der Sonne hell angeschienen war. Er streckte die Hand herzlich aus. Clemens! rief er, noch zwischen Ueberraschung und Freude; du hier! – Ich hatte Heimweh, sagte der Sohn und drückte warm die dargebotene Hand. Ich bleibe über das Fest hier, Vater, wenn noch Platz ist, seit Marlene unter eurem Dache ist. – Wie du so reden kannst! fiel die Mutter eifrig ein. Und wenn ich sieben Söhne hätte, ich wollte ihnen Platz schaffen. Aber ich lasse dich dem Vater; ich will in die Küche, in den Garten; sie haben dich in der Stadt verwöhnt, du wirst vorlieb nehmen müssen.

Sie war schon hinaus, als Vater und Sohn sich noch schweigend gegenüber standen. Ich habe dich gestört, sagte endlich Clemens. Du bist in der Predigt. Sag, ob ich wieder gehen soll. – Du störst nur einen, der sich selber gestört hat. Seit dem Morgen bin ich herumgegangen, mein Textwort in Gedanken, aber die Gnade war nicht mit mir und der Keim ging nicht auf. Es ist mir seltsam gewesen, Schauer über mir, die ich nicht bezwingen konnte. – Er trat an das kleine Fenster, das auf die Kirche sah. Der Weg zu ihr ging über den Todtenacker. Der lag still mit Blumen und blinkenden Kreuzen im Mittagslicht. Komm heran, Clemens, sagte der Alte sanft. Stelle dich neben mich. Siehst du das Grab zur Linken mit den Primeln und

Monatsrosen? Du hast es sonst nicht gesehen. Weißt du, wer da schläft? Mein guter alter Freund, der Vater unserer Marlene.

Er trat vom Fenster zurück, an dem sein Sohn ergriffen stehen blieb, ging wieder das Zimmer auf und nieder, und während sie schwiegen, hörten sie den Sand unter dem ruhigen Schritt knistern. Ja, sagte der Alte mit tiefem Athemzug, es hat ihn Keiner gekannt so wie ich, Keiner das an ihm gehabt, Keiner das an ihm verloren. Was wußte er von der Welt und ihrer Weisheit, die ja Torheit ist vor Gott! Was er wußte, war ihm Alles Offenbarung von innen, und aus der Schrift, und aus dem Schmerz. Er ist selig geworden, weil er selig war.

Nach einer Pause sprach er weiter: Wen habe ich nun, der mich beschämt, wenn ich hoffärtig werde, und rettet, wenn ich strauchle im Glauben, und die Gedanken schlichtet, die sich anklagen und entschuldigen? Die Welt wird so klug um mich her. Was ich höre, verstehe ich nicht, und was ich lese, will meine Seele nicht verstehen, denn es ist ihr Unheil. Wie Viele stehen auf und meinen, mit Zungen zu reden, und siehe, es ist Lippenwerk. Und die Spötter hören es und haben ihre Freude. Mein alter Freund, wäre ich wo du bist!

Clemens wandte sich. Er hatte den Vater nie so über eigene Herzensnöthe reden hören. Er trat zu ihm und suchte nach Worten. Laß, mein Sohn, sagte der Alte abwehrend. Was willst du mir geben, das mir nicht Himmlische besser gegeben hätten? Sieh, es war kurz nach seinem Tode, ich schlief hier oben, die Nacht mit Sturm und Regen weckte mich, ich war betrübt bis zum Tode: da erschien er mir, es leuchtete um ihn – er war in seinen Kleidern, als lebte er, sprach aber nicht, sondern stand zu Füßen des Bettes und sah still auf mich nieder. Erst griff es mich hart an. Ich war der Gnade nicht gewachsen, ein verklärtes Angesicht zu sehen. Andern Tags empfand ich den Frieden, den es mir zurückgelassen hatte. Seitdem kam es nicht wieder. Aber die letzte Nacht – ich hatte am Abend eine Schrift gelesen, aufrührerisch gegen Gott und Gotteswort, und war im Zorn zu Bett gegangen – da war es nach Mitternacht, als ich wieder auffahre, und er steht vor mir, angethan wie damals, aber in Händen die Bibel, aufgeschlagen und mit goldner Schrift geschrieben. Er weist mit dem Finger darauf, aber es ging ein Glanz aus von den Blättern, daß' ich vergebens hinstarre und vor Fülle des Lichts keine Zeile lesen kann. Ich näherte mich ihm, halbaufgerichtet; er stand, Mitleid und Liebe im Angesicht, die immer mehr der Angst wichen, je mehr ich zu lesen strebte und es nicht vermochte. Da gingen von der Klarheit mir die Augen über, verdunkelten sich ganz, und er schwand leise dahin und ließ mich in Thränen.

Der Alte war wieder ans Fenster getreten, und Clemens sah, wie ein Zittern ihn überlief. Vater! rief er und faßte die matt herabhängende Hand. Sie war feucht und kalt. Vater! du ängstigst mich. Du solltest zum Arzt schicken.

Zum Arzt? sagte der Alte fast heftig und richtete sich in allen Gliedern auf. Ich bin gesund, das ist es eben. Es will und ahnt meine Seele den Tod, und mein Leib widersteht ihm eigensinnig.

Diese Träume, Vater, zerrütten dich!

Träume? Ich sage dir, daß ich wachte wie jetzt.

Ich zweifle nicht, Vater, daß du wachtest. Aber um so mehr beunruhigen mich diese Fieberschauer, die dich wachend mit Träumen heimsuchen. Sieh, noch jetzt bist du durch die Erinnerung wie außer dir, und dein Puls fliegt. Ich weiß, so wenig Arzt ich bin, daß du Fieber hattest die Nacht und jetzt. –

Dünkst du dir das zu wissen, armer Mensch? rief der Alte. O der herrlichen Weisheit! O der gnadenreichen Wissenschaft! Aber wen klage ich an? Bin ich nicht der Strafe werth, da ich Gottes Geheimnisse ausplaudre und mein volles Herz den Spöttern zur Scheibe mache? Ist das die Frucht deines Lernens und wähnst du Feigen zu essen von diesem Dornbusch? Aber ich kenne euch wohl, ihr Armseligen, die ihr neue Götter macht für das Volk und im Herzen euch selbst anbetet. Eure Tage sind gezählt! – Er ging zur Thür, seine kahle Stirn war geröthet, er sah Clemens nicht an, der bestürzt zu Boden starrte. Plötzlich fühlte er die Hand des Vaters auf seiner Schulter.

Sage mir offen, mein Sohn: bist du schon so weit wie Jene, von deren Treiben ich mit Schaudern gelesen habe? Hältst du schon, wo die saubern Materialisten halten, daß du der Wunder lachst und der Geist dir ein Märchen ist, das die Dinge einander erzählen und dem der Mensch zuhört? Hat weder deine Jugend noch die Saat der

Dankbarkeit, die Gott dir ins Herz gesäet, das Unkraut ersticken können? Antworte mir, Clemens!

Vater, sagte der junge Mann nach einigem Besinnen, wie soll ich darauf antworten? Ein ganzes Leben hab' ich drangesetzt, über diese Frage nachzudenken. Ich habe sie von Männern, die ich verehre, auf jede Weise beantworten hören. Unter meinen liebsten Freunden bekennen sich Einige zu jener Ansicht, die du verdammst. Ich höre und lerne, und wage noch nicht zu urtheilen.

Wer nicht für mich ist, der ist wider mich, spricht der Herr.

Wie könnt' ich wider *ihn* sein? Wie könnt' ich wider den *Geist* sein? Wer läugnet überhaupt den Geist, wenn er ihn auch an den Stoff bindet? Bleiben nicht seine Wunder was sie sind, wenn sie auch nur die Blüthe der Natur sein sollten? Gereicht es einem edeln Bildwerk zur Schande, daß es aus Stein gehauen ist?

Du sprichst wie sie Alle; so berauscht ihr euch in trüben Gleichnissen, so betäubt ihr euch mit klingenden Worten, daß ihr den Ruf in euch überhört. Und du bist gekommen, Pfingsten mit uns zu feiern?

Ich bin gekommen, weil ich euch liebe. –

Es entstand eine Stille zwischen ihnen. Mehrmals öffnete der Alte den Mund und preßte wieder stark die Lippen zusammen. Sie hörten Marlenens Stimme unten im Haus, und Clemens trat horchend vom Fenster zurück, an dem er traurig gestanden hatte. Es ist Marlene, sagte der Alte. Hast du *sie* denn vergessen? Tritt nicht, wenn deine frevelhafte Genossenschaft sich in Aberwitz überbietet, dem Geiste seine freie Gotteskindschaft zu bestreiten, tritt dann nicht das Bild deiner Jugendgespielin vor deine Seele? Erinnert sie dich nicht daran, welche Wunder der Geist wirken kann, wenn ihm die Sinne abgeschnitten sind, allein aus sich, will sagen aus Gott, durch Seine Gnade, in demüthiger Brust, die stark ist im Glauben?

Clemens drängte die Antwort zurück, die er wohl bereit hatte. Sie vernahmen jetzt den leichten Schritt der Blinden auf der Treppe. Die Thür ging auf, und mit gerötheten Wangen stand Marlene auf der Schwelle. Clemens! sagte sie und heftete die heitern braunen Augen auf die Stelle, wo er wirklich stand. Er näherte sich ihr und faßte die Hand, die seiner wartete. Welche Freude hast du den Eltern gemacht! Willkommen! willkommen! – Du bist so still! fuhr sie fort.

Liebe Marlene, sagte er, ich bin wieder hier. Ich *mußte* euch wieder sehn. Du siehst wohl aus; du bist noch größer geworden.

Seit dem Frühling bin ich wieder aufgelebt. Der Winter war schwer. Es geht mir so wohl bei deinen Eltern, Clemens. Guten Tag, lieber Vater, sagte sie dann; wir sind früh am Morgen hinausgegangen, ich konnte Euch noch keine Hand geben. – Sie reichte sie ihm jetzt. Geh hinunter, mein Kind, sagte der Alte; Clemens wird dich begleiten; du kannst ihm deinen Garten zeigen. Bis zu Mittag ist noch eine kleine Frist. Denk an meine Worte, Clemens!

Die jungen Leute gingen. Was ist dem Vater? fragte das Mädchen, als sie unten waren. Seine Stimme klang seltsam, auch deine. Hatte er was mit dir?

Ich fand ihn aufgeregt, sein Blut scheint ihm wieder zu schaffen zu machen. Hat er nicht geklagt die Tage her?

Nicht zu mir. Doch war er oft unruhig und schwieg stundenlang, daß es auch der Mutter auffiel. Ist er streng gegen dich gewesen?

Wir hatten einen Streit über ernste Dinge. Er fragte mich, und ich konnte ihm meine Gedanken nicht verschweigen.

Das Mädchen war nachdenklich geworden. Erst als sie in die frische Luft traten, erhellte sich wieder ihr Gesicht. Ist es nicht hübsch hier? fragte sie und breitete die Hände aus. Wahrhaftig, sagte er, ich erkenn' es nicht wieder; was hast du aus dem kleinen wüsten Fleck gemacht! Seit ich denken kann, standen hier nur die Obstbäume und die wenigen Malven- und Asternbeete, und nun ist es voll von Rosen.

Ja, sagte sie, deine Mutter hielt nicht viel auf das Gärtchen, und nun freut sie sich auch darüber. Der Schulzensohn, der die Gärtnerei in der Stadt gelernt hat, schenkte mir die ersten Rosenstöcke und pflanzte sie selber ein. Dann fanden sich die andern dazu, und nun ist es ganz lustig. Die schönsten blühn aber noch nicht.

Und du pflegst sie allein?

Du wunderst dich, weil ich nicht sehen kann, sagte sie heiter. Ich verstehe mich aber doch darauf, was den Pflanzen gut thut. Ich spür' es am Geruch, ob eins welkt, oder im Aufgehen ist, oder Wasser bedarf. Es spricht ordentlich zu mir. Aber freilich, pflücken kann ich dir keine Blume, ich zersteche mir die Hände.

Ich will es für dich thun, sagte er und brach ihr eine von den Monatsrosen. Sie nahm sie. Du hast so viele Knospen mitgepflückt, sagte sie; ich will mir eine behalten und ins Wasser stellen. Da hast du die blühende wieder.

So gingen sie den saubern Gang hinab, bis die Mutter sie zu Tische rief. Clemens war beklommen dem Vater gegenüber. Aber Marlene, so bescheiden sie sonst an der Unterhaltung Theil nahm, hatte heut hundert Dinge zu erzählen und zu fragen. Auch der Alte verlor darüber das Nachgefühl des ersten Gesprächs mit seinem Sohn, und das alte trauliche Verhältniß stellte sich bald wieder her.

Es konnte aber nicht fehlen, daß in den nächsten Tagen die Gelegenheit zum Streit sich erneuerte. Der Vater erkundigte sich nach dem Zustande der Theologie an jener Universität, und das Gespräch sprang bald zu allgemeinen Fragen über. Je mehr Clemens auswich, desto eifriger drängte ihn der Alte. Manch besorgter, zuweilen unwilliger Blick der Mutter hielt ihn freilich in seinem Vorsatz, offene Bekenntnisse zu vermeiden. Aber wenn er dann abbrach oder ein Wort sagte, das für ihn leer war, drückte ihm die peinliche Stille das Herz ab. Marlene wußte immer wieder den alten Ton anzufragen. Aber er sah, wie auch sie zu leiden hatte und wich ihr aus, wenn er sie allein traf; denn er wußte, daß sie ihn befragt hätte, und ihr hätte er nichts verschweigen können. Es schien ein Schatten über ihn zu fallen, sobald er ihrer ansichtig wurde. War es jenes kindische Versprechen, dem er untreu geworden? War es der Glaube, daß sie in dem Zwiespalt der Meinungen, der ihm die Eltern entfremden wollte, stillschweigend auf ihre Seite trat?

Und doch fühlte er eine Neigung zu ihr immer unwiderstehlicher in sich, die er sich nicht mehr verläugnen konnte und die er mühsam bekämpfte. Denn er war erfüllt von seiner Wissenschaft, von seiner Zukunft, und weihte sich mit dem Eigensinn aufstrebender Kraft gegen Alles, was sich hinderlich an seine Schritte hängen wollte. Ein Reisender will ich sein, ein Fußreisender, sagte er sich oft. Ich muß ein leichtes Bündel haben. – Es wurde ihm wunderlich beklemmt ums Herz, wenn er dem Gedanken nachhing, sich an ein

Weib zu fesseln, das einen Theil seines Lebens für sich verlangte. Und ein *blindes* Weib, das er sich scheuen mußte je zu verlassen! Hier auf dem Dorf, wo Alles seinen einfachen Zuschnitt hatte, den sie seit Kindesbeinen kannte, hier war sie wohl vor verwickelten Verhältnissen geborgen, die in der Stadt nicht ausbleiben konnten. So beredete er sich, daß er auch *ihr* ein Unrecht thue, wenn er sich ihr nähere. Daß er ihr Schmerzen mache durch seine Entsagung, wagte er nicht zu denken.

Er entschied sich immer unverhohlener. Am letzten Tage, da er die Eltern umarmt hatte und hörte, Marlene sei im Garten, ließ er ihr einen Gruß zurück und mit klopfendem Herzen schlug er den Dorfweg ein und wendete sich dann seitwärts über die Felder dem Walde zu. Auch der Garten öffnete sich nach dem Felde, und der nächste Weg wäre durch eine kleine Gitterthür gegangen. Er machte einen weiten Bogen. Aber draußen angelangt, vermochte er's nicht, auf dem Rain durch die junge Saat fortzuwandern, ohne umzublicken. So stand er in der milden Sonne still und überschaute die Hütten und Häuser. Hinter der Hecke, die den elterlichen Garten einfaßte, gewahrte er die schlanke Gestalt des Mädchens. Ihr Gesicht war ihm zugekehrt, aber sie ahnte seine Nähe nicht. Es trat ihm heiß und heftig ins Auge, er kämpfte das Weinen gewaltsam nieder. Dann sprang er wie unsinnig über die Gräben und Wege zurück zur Hecke. Sie fuhr zusammen. Lebe wohl, Marlene, sagte er mit klarer Stimme. Ich gehe fort, vielleicht auf ein Jahr. Er strich ihr mit der flachen Hand leicht über Stirn und Scheitel. Leb wohl! – Du gehst, sagte sie. Was ich dich noch bitten wollte, schreibe öfter an die Eltern. Deine Mutter bedarf es. Laß mich auch einmal grüßen. Ja, sagte er zerstreut. Dann ging er. Clemens! rief sie noch einmal, als er schon weg war. Er hörte wohl, aber er sah nicht wieder um. Es ist gut, daß er es überhört hat, sprach sie leise bei sich selbst. Was hatte ich ihm auch zu sagen?

Sechstes Kapitel.

Seit jenem Tage wohnte der Sohn nicht wieder längere Zeit in seiner Eltern Haus. Jedesmal fand er den Vater herber und unduldsamer, die Mutter immer in gleicher Liebe, aber verschlossener gegen ihn, Marlene ruhig, aber bei dem Gespräch der Männer stumm. Sie ließ sich dann auch wenig sehn.

In einem klaren Spätherbst finden wir Clemens wieder oben in der Kammer, in der er als Knabe die Wochen der Genesung zugebracht hatte. Einer seiner Freunde und Studiengenossen hatte ihn begleitet. Die herkömmliche Universitätszeit war hinter ihnen, und sie kehrten von einer größeren Reise zurück, auf der Wolf sich ein Unwohlsein zugezogen hatte, das er in der Stille des Dorfs abzuwarten wünschte. Clemens mußte es geschehen lassen, obwohl er gerade diesen unter all seinen Bekannten am wenigsten geeignet wußte, dem Vater zu gefallen. Indessen richtete sich der Fremde wider Erwarten mit Klugheit und Gewandtheit nach der Sinnesart der alten Leute und gewann besonders die Mutter durch ein heiteres Interesse, das er an häuslichen Dingen zu nehmen schien. Er konnte ihr auch manchen Rath geben und ein Uebel, an dem sie litt, durch ein einfaches Mittel lindern. Denn er hatte sich dazu vorbereitet, die Apotheke eines alten Oheims zu übernehmen, ein Beruf, über den ihn Anlagen und Kenntnisse im Grunde hinauswiesen. Doch war er von Natur bequem und ließ es sich gefallen, beizeiten auszuruhen und zu genießen.

*

Mit Clemens hatte er innerlich nie etwas gemein gehabt. Und so fühlte er sich auch gleich beim Eintritt in das Pfarrhaus in einer durchaus fremden Luft und hätte nach der nothdürftigsten Erholung gewiß eine Umgebung verlassen, die ihn engte und beschränkte, wäre ihm das blinde Mädchen nicht beim ersten Blick als ein merkwürdiges Räthsel aufgefallen. Sie hielt sich zwar von ihm zurück, so viel sie konnte. Als er ihr das erste Mal die Hand gegeben, hatte sie sie mit unbegreiflicher Unruhe ihm wieder entzogen und all ihre Unbefangenheit verloren. Dennoch war er stundenlang um sie und beobachtete ihre Art, die Dinge aufzufassen, forschte mit einer munteren Zudringlichkeit, die man nicht übel nehmen konnte, nach den Mitteln, die ihr den Verkehr mit der Außenwelt möglich machten, und belauschte ihre Sinne, wie sie sich gegenseitig für die Entbehrung des einen fehlenden entschädigten. Er begriff Clemens nicht, daß er sich so wenig aus ihr zu machen schien. Der aber vermied es mehr als je, dem Mädchen zu begegnen, am meisten, wenn er sie in Wolfs Gesellschaft fand. Er ward dann plötzlich blaß und suchte sich loszumachen, und die Leute im Dorf begegneten ihm oft auf entlegneren Waldwegen, wo er sich in trostlose Betrachtungen vergrub.

So kehrte er eines Abends wieder von einem mißmutigen weiten Irrgang zurück und trat eben aus dem Wald in die Saatfelder ein, als ihm Wolf entgegen kam. Dieser war aufgeregter als gewöhnlich. Nach einem langen Besuch bei Marlenen, die ihn heute besonders gefesselt hatte, war er in die Dorfschenke gerathen und hatte so viel von dem leichten Landwein getrunken, daß er Lust bekam, in der Abendkühle ein wenig über Feld zu gehen.

Ihr werdet mich so bald noch nicht los, rief er Clemens entgegen. Diese kleine blinde Hexe giebt mir noch auf zu rathen. Sie ist gescheiter, als ein Dutzend Weiber in der Stadt, die ihre Augen nur haben, um mit Gott und Menschen zu liebäugeln. Und wie sie mich kurz hält, das ist nun vollends ein Meisterstück.

Laß dir's lieb sein, wenn sie dich ein wenig zahmer macht, sagte Clemens kurz.

Zahmer? das werd' ich nimmermehr. Wenn ich sie so ansehe mit ihrer prächtigen Gestalt und dem schönen Gesicht, es ist wahrlich nicht um zahm zu werden. Glaube nicht, daß ich ihr was thun will. Aber weißt du, zuweilen denk' ich, wenn sie einen lieb hätte, das müßte eigen sein. So eine, die nicht sieht, die nur Gefühl ist, und Gefühl, wie es sonst nirgend so fein und stark und reizbar gefunden wird, wenn die einem um den Hals fiele, es müßte ihr und ihm sonderbar wohl thun.

Du thätest besser, deine Gedanken für dich zu behalten.

Warum? wem schaden sie? Und wem schadet's, wenn ich sie am Ende ein Bischen in mich verliebt mache, um zu sehen, wie die Nerven sich dann aus der Verlegenheit ziehen? So vieles von dem innern Feuer verdampft sonst durch die Augen; hier aber –

Ich verbitte mir, daß du mit ihr experimentirst, fuhr Clemens auf. Ich sage dir in allem Ernste, daß ich dergleichen in Zukunft weder hören noch sehen will. Darnach richte dich!

Wolf sah ihn blinzelnd von der Seite an, faßte ihn am Arm und sagte lachend: Ich glaube gar, du bist in das Mädchen verliebt und willst das Experimentiren dir selber vorbehalten. Seit wann bist du denn so ekel? Hast du mich doch sonst ausgehört, wenn ich dir sagte, wie ich's mit den Weibern halte.

Ich bin nicht dein Erzieher; was habe ich mit deinen unsaubern Gedanken zu schaffen? Aber daß du jemand damit beschmutzest, der mir nahe steht, der tausendmal zu gut dafür ist, daß du nur dieselbe Luft mit ihm theilst, das denk' ich noch dir verwehren zu dürfen.

Oho, sagte Wolf gelassen, zu gut, zu gut? Du bist ein guter Kerl, Clemens, ein *zu* guter Kerl. Geh mir aus der Luft, guter Junge.

Er gab ihm einen leichten Schlag und wollte gehen. Clemens blieb stehen, seine Wangen wurden plötzlich blaß. Du wirst dich erklären, was diese Worte meinen, sagte er fest.

Daß ich ein Narr wäre. Frage Andere, wenn du willst, es wird sich schon einer finden, der mehr Lust hat, als ich, tauben Ohren zu predigen.

Was heißt das? wer sind die Anderen? Wer wagt es, schlecht von ihr zu sprechen? Wer?

Er hielt Wolf eisern am Arme fest. Narr, brummte der ärgerlich, du verdirbst mir den ganzen Spaziergang mit deinen langweiligen Fragen. Laß mich los!

Nicht von der Stelle, eh du mir genug gethan haft! rief Clemens im höchsten Zorn.

Ich? Mach es mit dem Schulzensohn aus, wenn du eifersüchtig bist. Der arme Teufel! Erst mit ihm schön zu thun, bis er aus der Haut fahren möchte, und ihm dann einen schnöden Laufpaß gegeben, pfui, ist das ehrlich? Er hat mir seine Noth geklagt; ich habe ihn getröstet. Sie ist wie die anderen Weiber auch, sagt' ich ihm, eine Kokette. Jetzt hat sie sich an mich gemacht. Wir aber wissen sie zu nehmen, und werden uns nicht das Maul verbinden lassen, damit nicht andere gute Jungen in dieselbe Schlinge rennen.

Nimm dies Wort zurück! schrie Clemens außer sich und schüttelte heftig Wolfs Arm.

Warum? Es ist die Wahrheit, und ich will sie noch beweisen. Geh, du bist ein Kind von einem Menschen.

Und du bist ein Lump von einem Teufel.

Oho, nun kommt die Reihe an dich, zu widerrufen!

Ich widerrufe nicht.

So weißt du, was die Folge ist. Du hörst von mir, sobald wir in der Stadt sind.

Damit ging er kaltblütig von ihm, dem Dorfe zu. Clemens blieb eine Weile wo er stand. Der Elende! brach es von seinen Lippen. Seine Brust arbeitete heftig, ein bitterlicher Schmerz nistete in ihr; er warf sich zwischen den Aehren zu Boden und lag lange, jedes Wort, das ihn empört hatte, tausendmal wiederholend.

Als er spät am Abend in das Haus zurückkehrte, fand er gegen seine Erwartung die Familie noch beisammen.

Wolf fehlte. Der alte Herr ging mit starken Schritten durch das Zimmer; die Mutter und Marlene saßen und hatten eine Arbeit auf dem Schooß gegen die Sitte des Hauses zu so später Zeit. Als Clemens ins Zimmer trat, stand der Pfarrer still und wandte das Haupt ernst nach ihm um.

Was hast du mit deinem Freunde gehabt? Er ist auf und davon, da wir über Feld waren, und hat nur einen kurzen Gruß hinterlassen. Als wir nach Hause kamen, fanden wir einen Boten, der seine Sachen abholte. Habt ihr euch verfeindet? Denn warum sollte er sonst so übereilt unser Haus verlassen?

Wir hatten einen Wortwechsel. Es ist mir lieb, daß ich ihn nicht mehr unter diesem Dache finde.

Um was entzweitet ihr euch?

Ich kann es dir nicht sagen, Vater. Ich hätt' es gerne vermieden. Aber es giebt Dinge, die ein rechtschaffener Mensch nicht mit anhören darf. Ich kannte ihn lange, daß er roh ist und weder sich noch irgend wen schont. So wie heut sah ich ihn nie.

Der Pfarrer sah den Sohn an und sagte mit leiserer Stimme: Wie werdet ihr's ausmachen?

Wie es Sitte ist unter jungen Leuten, erwiederte Clemens ernst.

Weißt du, wie es unter *Christen* Sitte sein soll, Beleidigungen auszugleichen?

Ich weiß es, aber ich kann nicht so handeln. Wenn er mich beleidigt hätte, so könnt' ich ihm vergeben und ihm die Züchtigung schenken. Aber er hat ein Wesen beleidigt, das mir sehr nahe steht!

Ein Mädchen, Clemens?

Ja, ein Mädchen.

Und du liebst dieses Mädchen?

Ich liebe sie, sagte halblaut der junge Mann.

Ich hab' es mir gedacht, fuhr der Alte auf. Die Stadt hat dich verdorben; du bist der Weltkinder eins geworden, die den Dirnen nachgehen und sich raufen um sie und sie zu ihren Götzen erwählen. Ich aber sage dir, so lange ich lebe, will ich arbeiten, dich zum Herrn zurückzuziehen, und will deine Götzen zertrümmern. Hat Gott Wunder an dir gethan, damit du ihn verläugnest? So wäre es besser, du säßest noch in der Nacht und hättest die Thore ewig verschlossen, durch die der böse Geist mit seinen Verlockungen in dein Herz gedrungen ist.

Mühsam bezwang der junge Mann seine Aufwallung. Was giebt dir ein Recht, Vater, rief er endlich, mir unedle Neigungen zuzutrauen? Weil ich thun muß, was nöthig ist, um in der Welt den Uebermuth des Gemeinen niederzuhalten, bin ich darum niedriger? Es giebt verschiedene Wege, gegen den unsaubern Geist zu kämpfen. Deiner ist friedlich, denn du hast es mit der Masse zu thun. Ich stehe dem Einzelnen gegenüber und kenne meinen Weg.

Du wirst ihn nicht wandeln, rief der Alte eifernd aus. Willst du Gottes Gebote mit Füßen treten? Der ist mein Sohn nicht mehr, der die Hand an seinen Bruder gelegt hat. Ich verbiete dir den Kampf kraft meiner väterlichen und priesterlichen Gewalt. Hüte dich, ihr zu trotzen!

So stößest du mich aus deinem Hause, sagte Clemens düster. Eine Pause trat ein. Die Mutter, die in Thränen ausgebrochen war, stand auf und stürzte zu ihrem Sohn. Mutter, sagte er ernst, ich bin ein Mann, ich darf mir nicht untreu werden! Er näherte sich der Thür und blickte nach Marlenen hinüber, die ihn mit den blinden Augen schmerzlich suchte. Die Mutter folgte ihm, sie konnte vor Schluchzen nicht sprechen. Halt ihn nicht auf, Frau! rief der alte Mann. Er ist unser Kind nicht, wenn er Gottes Kind nicht sein will. Laß ihn gehn, wohin er will. Er ist todt für uns!

Marlene hörte die Thür gehen und die Pfarrerin mit einem Schrei des tiefsten Mutterherzens zu Boden stürzen. Da wich die Lähmung von ihr, in der sie bisher gesessen hatte. Sie stand auf, ging zur Thür und trug mit gewaltsamer Anstrengung die ohnmächtige Frau auf ihr Bett. Der Alte stand am Fester und sprach kein Wort. Seine gefalteten Hände zitterten heftig.

Eine Viertelstunde später klopfte es oben an der Thür von Clemens' Kammer. Der junge Mann öffnete und sah Marlenen vor sich stehen. Sie trat still hinein. Die Kammer war voll Unordnung. Sie stieß mit dem Fuß an den Reisekoffer und sagte schmerzlich: Was willst du thun, Clemens? – Da brach ihm sein starrer Schmerz. Er ergriff ihre Hände und drückte seine Augen dagegen, die in Thränen standen. Ich *muß* es thun, rief er. Ich habe lange empfunden, daß ich seine Liebe verloren habe. Vielleicht fühlt er, wenn ich ihm fern bin, daß ich nie aufgehört habe, sein Kind zu sein.

Sie richtete ihn auf und sagte: Weine nicht so! ich habe sonst nicht die Kraft, dir das zu sagen, was ich dir sagen muß. Deine Mutter würde es sagen, wenn der Vater ihr nicht wehrte. Ich hörte es seiner Stimme an, wie schwer es ihm ankam, hart zu sein. Aber er wird hart bleiben, ich kenne ihn wohl. Er glaubt, daß seine Strenge Gottesdienst sei, daß er sein eigen Herz zum Opfer bringen müsse.

Und du glaubst auch, daß er es müsse?

Nein, Clemens. Ich weiß nicht viel von der Welt und kenne die Gesetze der Meinung nicht, die Ehrenmännern den Zweikampf gebieten. Aber dich kenne ich genug, um zu wissen, daß der Leichtsinn der Welt dir nichts anhaben konnte, daß du dein Thun und Lassen mit aller Strenge prüfst, auch diesen Schritt. Du wirst ihn der Welt schuldig sein und deiner Geliebten. Aber du bist deinen Eltern mehr schuldig als Beiden. Ich kenne das Mädchen nicht, das man dir beleidigt hat, und fühl' es wohl nicht so ganz, wie es dich aufbringen muß, für sie nicht Alles zu thun. Unterbrich mich nicht. Glaube nicht, daß die Furcht mit im Spiele sei, du könntest mir um ihretwillen den Rest der Freundschaft entziehen, den du mir in den letzten trennenden Jahren bewahrt haben magst. Ich gönne ihr dich ganz, wenn sie dich glücklich macht. Aber du darfst das um ihretwillen nicht thun, was du thun willst, und wäre sie dir theurer, als Vater und Mutter. Du darfst nicht im Zorn aus deiner Eltern Hause gehen, das sich dir dann auf immer verschließt. Dein Vater ist alt und wird seine Grundsätze mit ins Grab nehmen. Er hätte dir den Kern und Inhalt seines ganzen Lebens zu opfern, wenn er nachgäbe. Du opferst ihm die flüchtige Achtung, die du in den Augen fremder Menschen besitzest. Denn wenn jenes Mädchen, das du liebst, sich von dir lossagen könnte, weil du die alten Tage deines Vaters nicht verbittern wolltest, – so wäre sie deiner nie werth gewesen!

Die Stimme versagte ihr. Er hatte sich auf einen Stuhl geworfen und stöhnte heftig. Sie stand noch immer nahe an der Thür und wartete, was er sagen würde. Auf ihrer Stirn lag ein seltsam gespannter Zug, als horche sie mit den Augen zu ihm hinüber. Plötzlich sprang er auf, trat zu ihr, legte ihr beide Hände auf die Schultern, und rief: Für *dich* wollt' ich's thun, und für *dich* bezwing' ich mein Herz! Damit stürmte er ihr vorbei und die Treppe hinab.

Sie blieb droben. Seine letzten Worte hatten ihr ganzes Wesen erschüttert, und eine Fluth jauchzender Gedanken strömte über ihr scheues, ungläubiges Herz. Sie setzte sich zitternd auf den Mantelsack. Für dich, für dich, klang es ihr im Ohr. Sie fürchtete fast seine Rückkehr, wenn er es anders gemeint hatte – und wie sollte er es nicht anders meinen? Was war sie ihm? – –

Endlich kam er wieder herauf. Die Unruhe drängte sie, sie stand auf und wollte aus der Thür. Da trat er ein und faßte sie in die Arme und sagte ihr Alles.

Ich bin der Blinde! rief er. Du bist die Sehende, die Seherin. Was wäre ich jetzt ohne deine Klarheit? Ein Verwaister durch alle Zukunft, vertrieben von allen Herzen, die ich liebe, durch unselige Verblendung! – Und nun – nun – Alles wieder mein, und mehr als ich wußte, als ich sonst mir gönnte!

Sie hing stumm und heftig hingegeben an seinem Halse. All die lang verhaltene Innigkeit ward frei und glühte in ihrem Kuß und verachtete die armen Worte.

Der Tag brach an über ihrem Glück. Nun wußte er auch, was sie bisher standhaft verschwiegen hatte, und was dieselbe Kammer mit angesehen, in der sie jetzt für immer einander unverlierbar, in der anbrechenden Frühe sich die Hände drückten und schieden.

Im Laufe des Tages kam ein Brief, den Wolf noch in der Nacht vom nächsten Dorf aus geschrieben hatte. Clemens solle es gut sein lassen, schrieb er; er nehme Alles zurück, er wisse am besten, daß es eine Albernheit sei. Der Aerger habe sie ihm ausgepreßt und die Weinlaune. Er habe es ihm freilich verdacht, wie er so kalt herumgegangen sei, da es ihn nur ein Wort gekostet hätte, einen solchen Schatz zu gewinnen. Und wie er dann gesehen, daß es Clemens Ernst sei, habe er gegen das gelästert, was ihm selber für immer versagt bleibe. Er möge ihn nicht für schlimmer halten, als er sei, ihn auch gegen das Mädchen und die Eltern entschuldigen und sich nicht ganz und gar von ihm lossagen.

Als Clemens diese Zeilen Marlenen vorgelesen, sagte sie bewegt: Er dauert mich nun. Mir war nicht wohl, als er da war, und wie viel hätte er sich und uns ersparen können! Aber ich will nun ruhig an ihn denken. Wie viel haben wir ihm zu danke

Über tredition

Eigenes Buch veröffentlichen

tredition wurde 2006 in Hamburg gegründet und hat seither mehrere tausend Buchtitel veröffentlicht. Autoren veröffentlichen in wenigen leichten Schritten gedruckte Bücher, e-Books und audio-Books. tredition hat das Ziel, die beste und fairste Veröffentlichungsmöglichkeit für Autoren zu bieten.

tredition wurde mit der Erkenntnis gegründet, dass nur etwa jedes 200. bei Verlagen eingereichte Manuskript veröffentlicht wird. Dabei hat jedes Buch seinen Markt, also seine Leser. tredition sorgt dafür, dass für jedes Buch die Leserschaft auch erreicht wird.

Im einzigartigen Literatur-Netzwerk von tredition bieten zahlreiche Literatur-Partner (das sind Lektoren, Übersetzer, Hörbuchsprecher und Illustratoren) ihre Dienstleistung an, um Manuskripte zu verbessern oder die Vielfalt zu erhöhen. Autoren vereinbaren direkt mit den Literatur-Partnern die Konditionen ihrer Zusammenarbeit und partizipieren gemeinsam am Erfolg des Buches.

Das gesamte Verlagsprogramm von tredition ist bei allen stationären Buchhandlungen und Online-Buchhändlern wie z. B. Amazon erhältlich. e-Books stehen bei den führenden Online-Portalen (z. B. iBookstore von Apple oder Kindle von Amazon) zum Verkauf.

Einfach leicht ein Buch veröffentlichen: **www.tredition.de**

Eigene Buchreihe oder eigenen Verlag gründen

Seit 2009 bietet tredition sein Verlagskonzept auch als sogenanntes "White-Label" an. Das bedeutet, dass andere Unternehmen, Institutionen und Personen risikofrei und unkompliziert selbst zum Herausgeber von Büchern und Buchreihen unter eigener Marke werden können. tredition übernimmt dabei das komplette Herstellungs- und Distributionsrisiko.

Zahlreiche Zeitschriften-, Zeitungs- und Buchverlage, Universitäten, Forschungseinrichtungen u.v.m. nutzen diese Dienstleistung von tredition, um unter eigener Marke ohne Risiko Bücher zu verlegen.

Alle Informationen im Internet: **www.tredition.de/fuer-verlage**

tredition wurde mit mehreren Innovationspreisen ausgezeichnet, u. a. mit dem Webfuture Award und dem Innovationspreis der Buch Digitale.

tredition ist Mitglied im Börsenverein des Deutschen Buchhandels.

Dieses Werk elektronisch lesen

Dieses Werk ist Teil der Gutenberg-DE Edition DVD. Diese enthält das komplette Archiv des Projekt Gutenberg-DE. Die DVD ist im Internet erhältlich auf **http://gutenbergshop.abc.de**

Zeitfracht Medien GmbH
Ferdinand-Jühlke-Straße 7
99095 Erfurt, Deutschland
produktsicherheit@kolibri360.de